# 洋裁師の恋

岡島弘子

思潮社

# 洋裁師の恋　岡島弘子

思潮社

洋裁師の恋　目次

表紙写真＝イタリア製の生地をもちいて著者が仕立てたコート
装幀＝思潮社装幀室

# 洋裁師の恋

# 息をする

光と風の中から　つまみあげると
息を吹きかえすボタン
糸と針で穴をうめると
もうひとつ息をする
前身ごろのはしに
ひとつひとつぬいつける
あふれそうなものを　おしとどめるように
きえ入りそうなものをひきとめるように
さいごの糸をむすび切ると
その旅をおえて

ボタンはブラウスの一部となる
上から順にはめる指がうごいて
ボタンはきっちりとまる
バストをつつみ
バストをアピールすると
ふたたび息をする
想いをふくらませ
想いをなだめる
いつかボタンをはずしにくる　誰かの指を想って
また息をする
いのちのみずを組み込み
みずをいのちにとめつける
ボタンが守るものは
女体のかたちをしたみず
そして息をひとつ　またひとつ

ボタンは貝であったころの
うみの呼吸をとりもどす

# ねむりとめざめ

あおむけになる
てあしのちからをぬく
あやつりの糸を断ち切って　ただよう
沈む　このままどこまで
と
ふいにささえられる
水が背中をもちあげる
水がわたしの背をはこぶ　そろそろと
潮騒と鼓動のなりひびくところまで
右側の片頭痛がほぐれてやわらかくなるところまで

あやまって死なないところまで

電子音が聞こえた気がして
耳からうきあがる
かなしばりのかなた
目のおくが覚醒する
正しい　とき　と　ばしょ　をさぐって
ただよっていた手が足がもどってくる
意識の底まで太陽が射るので
全身がけいれんする
あやまって狂わないところまで
ねがえりをうって
また　うって

# 本当の名前

風の指が枝々を忙しくめくっていく
頁の合間からおびただしい言葉が舞い上がる
樹たちのいっせいのおしゃべり
言葉が風にひるがえり
光をはねかえす

風は樹を
とても正しく読んでいる
樹々は自分の本当の名前を
空に届けようと

くちぐちにさわいでいる

私は樹の
本当の名前をまだ知らない

風は私の
本当の名前を風の言葉で繰り返しているのに
樹は私の
本当の物語を知っていると合図するのに
私は私の
本当の名前に出会えない
本当の物語をまだ読みおえていない

風の指が私を忙しくめくっていく
私からこぼれたおびただしい言葉を

風はとても正しく読んでいく
風たちのいっせいのまなざし　そして
私は私の本当の名前をまだ知らない

# 絹糸となるところまで

空のすそをレースでかざり
刺繍するようなクモの糸
風にゆだねられた糸は　空《くう》をまさぐり
まさぐり
大地のはしをやっとつかむと
それはツツジの枯れ葉で
吹かれて吹かれて　ついに枝をはなれ
ながされていく葉にのって
はるかな旅にでる　クモの糸

風のかたち　か　クモの巣は
吹き流されて　完成しない
ちぢみながら　ふくらみながら
ひらいていく　とじていく

ものみなながれ　羽虫のひとつが
クモの巣にからまって
句読点になり
全部いっしょに　舞って　舞って
風の呼吸といっしょに　ゆれうごく

虚空で吹かれている
わたしのこころのふちにも
ついに届くクモの糸

おおぞらのもと　かたちをもたず
咲いて　しぼんで　なにをつかもうか
わたしのこころとクモの糸
ゆれて　さらにゆれて
宙をまさぐり　まさぐり
しつけ糸　木綿糸　そして絹糸となるところまで
まさぐりまさぐり

## 空をすこしください

すこしください　といって
七夕の笹を摘むと
梅雨の中
葉裏からたくさんの羽虫が飛び立った
いっしゅん舞い立ち
すぐに　ほかの葉裏に姿を消した

カサを持たない羽虫たちは
葉裏を
おおきなカサにして　びっしりと集まって

共同生活を送るのだろうか

羽を持たないわたしは
ひとりぶんのカサを持ち
おおきすぎる空間をもてあまして
梅雨を耐える

梅雨のはて
アザミの冠毛が
野末を飛翔している
じっとたちつくしたままのアザミも
さいごに飛び立つのだ

雨のカーテンがあけはなたれた今
孤島のようなわたしも

空をすこしくださいといって
ことばを投げ上げてみる
空の高みで　ことばは羽を得てかがやく

わずかの間
羽虫のように舞い
すぐに固いつめたいものとなって
掌に落ちてくる

# アイロン

網目にからんだ想いのみれんをとりのぞき
ぬめりをふきとり
泡だてて金属タワシでみがき
流し台をよみがえらせる手
をささえる足のうら

買い物メモをとり
今晩の献立をかんがえ
特売品をすばやく計算する脳
きのうの記憶をはんすうする海馬

をうけとめる足のうら

新聞の社会面の天災人災におびえ
マサカリ　出刃　毒をものんで膨張するこころ
をくいとめる足のうら

ふるさとのやまさかを歩きとおして
いきてきた歳月のおもみにおしつぶされ
東西南北　喜怒哀楽
親指も小指もかってな方向にとびだしてしまった
外反母趾をもつつむ
足のうら

だから足のうらをアイロンにかえて

わたしの全生涯をかけた重みと
たいおんといのちのほてりをもったアイロンにかえて
底なしの皺に
あててみようか

# カサをわすれて

あめがふってきたのに　カサがない
ミシン針のようなあめがおちてきたのに
よけるカサをもっていない
ほどうに縫い込められる
からだがおもくなる

カサのようにひろがっている
桜樹の下にかけこめば
骨だけの枝はすきまだらけで
肋骨のあいだからも雨はふりそそぎ

樹の肋骨　私の肋骨　あわせても
雨の冷気はようしゃなく　しみこむ

幹にしがみつけば
つもった枯れ葉であしもとがすべる
地面はふるさとの草道で
雨の水分をすってさらにぬかるみ
ずるりあしをとられ
枝に頭をぶつける

私の髪のカールをめちゃめちゃにし
ドレスをぬらし
その繊維を　ゆるめとかしばらばらにし
あらいおとしてしまう
すはだかになった私をすばやくつつむ

雨の衣装
やまない運針に
よすみがかがりつけられる

# 名前

葉のくちびるはどこにあるのだろう

花束の生き残りの葉を花瓶から抜いたら
じかに根を生やしていた
生きたい　生きたいと泣く白い根

幼い私は空襲で焼け出され
叔母におぶわれて中央線で逃げた
トンネルに入るたび
くちびるを大きくあけて泣き叫んだという

生きたい　生きたい　と
根ごと葉を植木鉢に植え
ベランダに置いた
大きな四枚の葉と赤い茎
葉にも赤いふちどりがあり口紅をぬったようだった

私の一家は
扇状地の斜面の桃の里にたどりついた
桃の木は苗のとき接ぎ木されて育ち
りっぱな実をむすぶ
私も東京から山梨へと接ぎ木され
この地で大きくなった

名前を知らない大きな葉は

光と風のなかでゆれる
葉のふちどりの赤もあざやかに
けんめいに天をめざしている

私の名付け親は叔父
そのいのちを私の名前にこめて遺し
南の海で戦死した

葉のくちびるはどこにあるのだろう
葉の名前は知らない
叔父のかたみの名前をひるがえし　ひるがえし　私は
けんめいに天をめざしている

# 朝顔一輪

みんなしっているよ
笛吹川でおぼれかけたときのことも
自転車でころんで
田んぼにころげ落ちたことも
あのころのことはみんな
そういって　朝顔はみつめる

あれは　わたしの村
浅間神社の大杉にみまもられ
桃園とブドウ園のあいだ
きょう　きのう　おととい

一輪咲いてはしぼみ
一輪咲いては　またしぼみ
水は　くねる　つるをつたって
すはだかの顔にたどりつく

いってきで　一枚の朝
いってきで　無敵の顔
朝顔の持つ朝を　どれだけわたしは生きたか
朝顔の顔を
いつかわたしは超えられるか

みんなしっているよ
これからのことだって
そういってなおも
朝顔はみつめる

# パッチワークと刺繍

地面と親しい背丈だったころ
しゃがんで　みつめると
大地の中の
ちいさな芽がわたしをみつめかえした

芽はどれもこれも　にかよっていて
かわいらしかったが
一週間むきあっていると
すぐに正体がばれた
これはハコベラ

あれはアカザ

わたしももうすぐ
正体をあらわす
動物の仔でも
ニンゲンのかたちは　かくしようもなく

地面は
ぐんぐん萌えて
みどりの草でいっぱいになった
あるきつくせないほど　展がった

草にねて
みあげると　昼のさき
太陽のかげには　たくさんの星があるようだった

みわたしきれないほどの
パッチワークをちりばめた大地
刺繍でいっぱいの空

そのあいだで　ゆっくり流れる　流される
ちっぽけな　わたし

# まとう

てぬぐいがうごいて背をながす
公会堂の土間のかたすみが　風呂場で
母が六歳のわたしの背をあらう
骨ばったほそいからだ
ゆげだらけの裸は　てぬぐいではおおいきれない

寄り合いに集まった村の衆が
母にはなしかける
ついでにわたしの裸を　ちらり見る
母が自分のからだで　わたしをかくすようにした

むきだしの　はだは母を着ても
まだはみでる

動物のなかでも　ヒトの仔は
ひよわで　むぼうびだから
盆と正月に服を買ってもらっても
春と秋にはやぶれてしまう
ぼろとぼろをかきあつめても
かぎざぎだらけで

わたしのからだもひとつの宇宙だから
ひなたぼっこで陽をまきつけても
おにごっこで北風をはおっても
川あそびの水でおおっても
すぐぬげる

風呂からあがったわたしを
かくまうには
何がぴったりだろう
ブラウスはぶかぶかで
ズボンはきゅうくつ
手も足も勝手なほうこうに　伸びほうだい
だから

もう
空気しか
まとうものはない

# こごえた初恋

先生を好きになっても装うことを知らず
受け持ちの理科と数学を勉強した
クラブ活動は先生が顧問の化学部に友達を誘って入部
女子は二人だけだった
先生の指導の下アミノ酸しょうゆやクリームをつくった
実験をおえて帰る家路はあたたかい闇

夏でも朝は肌寒い
天井にはこごえたハエがじっとしている
ジャムの空きビンに水を入れビンの口でおおうとポトポト残らず落ちてきた

観察すると　水中のハエの体にびっしりと泡がついている
皮膚呼吸しているのだろうか

「ハエの皮膚呼吸」と題した自由研究が選ばれ
発表会に出品されることになった

発表会の会場の学校まで先生の自転車のうしろにのせてもらって出発する日
「うらやましい」といいながらクラスの女子全員が見送りに来た
あこがれの先生が目当てだったのだ

「ブドウが実っているね」　話しかけてくる先生に私は黙っていた
真っ赤になって固まっていたのだ
息もできず　ハエのように皮膚呼吸していた
「どうしたの」とふりかえる先生

おもいきって
友達を誘って先生の家をたずねた
美しい奥さまに迎えられ　めずらしいお菓子をごちそうになった
先生はるすだった

若葉が光に痛む　青く固いブドウのまま
卒業式を迎えてしまった

# あわれな孤児

鍵盤を前にして
ゆびさきまであおざめる

こわばったゆびが　最初の一音をとらえると
一曲全部がするするとあらわれる
ゆびの運びにしたがって
今日の課題曲すべてが　鍵盤のうえにあらわれる　はず
だったが

まちがえて押せば谷底へまっさかさま

鍵盤はそこここが落とし穴
昨日とおなじように　弾きおえなければならない
「あわれな孤児」一曲は　そのまま明日への吊り橋
わたれるかわたれないかは
音符と鍵盤とゆびしだい

ゆびでたどる　きょうのみちしるべ
きのうとおなじように　弾きたくても
つっかえて　弾きまちがえて　まよいこむ　落ちる
左手のこゆびの先でしがみつく
これが新しい今日か
もつれたゆびをほぐしたくて　身をよじる

ときすでにおそく
一音をまちがえたばかりに

全曲がくずれおちる
もはや　太陽にも星にもたどりつけない
どの一日ともはぐれた今日
シューマン作ピアノ曲
「あわれな孤児」を弾きおえる

# ビリでも

へた　へた　下手
と　一針ごとのミシンのうたう

布といっしょに
窓の青空もかさねて
ひきこんで　縫っていく

むり　むり　無理
と　一針ごとのミシンはうたう

ミシン針のめどに私の目を水平になるように重ね
ふるえる糸の先端を通せば
あなたも　世界も　宇宙も
糸でつながるきがして

学問よりも花嫁修業を　と
強くいわれて洋裁学校に入学したのに

びり　びり　ビリ
とミシンはなおもうたう

私という孤独は
みちをひきよせて
縫い目をのばす

# ドレスができるまで

息づかいがわかるほどちかよって　ふれて　はなれて
あなたを抱くかたちに　メジャーをまきつける
バスト　ウエスト　ヒップ
いどむもの　引くもの
さっと抱きしめ　すぐはなす
まいてほどいてメジャーのほうよう
首周りの
首はしめずに
サイズをとる
想いのサイズはとれないけれど

フリルもリボンもギャザーも
物差しと定規の先からうまれる
型紙
正確であればあるほど
図面のなかは　にょたいの曲線をおびる

ギンガムチェック　花柄
あなたに映える布をえらぶ
肌によりそい　肌をつつみ
肌をかくまう　もういちまいのひふとなる 布がいい

生地売りのおじいさんが　もういちまい
私のためにえらんでくれた布は
ピンクと茶と黄色のチェックのツイード

これを仕立てて着なさい
きっと幸せになれる
そんな言葉とともに

木に　石油に　繭に
水と空気にもどってしまわないうちに
にげまわる布はおさえ
ふたしかなものはばっさり裁つ
カーブとふくらみ
あまやかなものは裁ちバサミの先端からうまれる

バラバラだったものはまとめ
反発しあうものどうしをひきよせ
待ち針でとめる
しつけ糸でしばる

間をおかずに　ミシンがけ
ミシンのリズムとともに
直線は曲線にうまれかわる

花壇のへりと青空のはしとをミシンがけ
地平線は三つ折りぐけ
縁はかがり千鳥がけ
芯布はハ刺し
フリルもレースも針一本
やわらかなふくらみは
鋭いダーツを縫えばできる
糸と針でつくる
デリケートなライン

ウールの千鳥格子の布の中に

自分の髪の毛を詰めてつくった
洋裁学校の友のプレゼントの針山
ぬってぬってとがった針　まがった針を
それに刺して休めるたび
私のこころも休まる

しわはアイロンで消す
なみうつ感情もアイロンがけで一掃
霧吹きでしめらせ　じゅっとひとなで
縫い目もピンと背筋をのばす

はれの日に間にあうように
徹夜して完成したドレス
これをまとえば世界がかわる
あなたは世界を着がえる

世界はあなたを着がえる
ドレスはあなたのいのちをかがやかせ
あなたはドレスにいのちをあたえる

あなたは胸をはって
あたらしいドアをあける
はじめての一歩をふみだす

# 私は私をやめて

ゆれる裁ち台ごと生地をつかまえる

窓の外は牧場と羊の群れ
地平線のあたりは一本の菩提樹

ふるえる裁ち台　なみうつ生地を
なだめなだめ型紙をおく

窓の陽射しはみるみるかげる
雲がやってきて牧場の上に影をおとす

生地は中表にかさねる
内側は熱くなって息をひそめている
前身ごろ後ろ身ごろ　となづけると　ひくひくする
型紙より二センチぬいしろをおいて
裁ちバサミを持ちあげる

あばれる裁ち台はいっしゅん菩提樹をわすれる
けいれんする生地は羊をみていた目をとじる

地平線から雨がひろがってきて縦線となる　風景を消す
どしゃぶりになる　窓から雨滴がしみこむ
まぶたから涙がはみだす

裁ちバサミがうごいて羊を切り落とす

女体のラインに切り離されて
生地は生地をやめる　ドレスの一部になる
そのとき
私から私が切り落とされる
私は私をやめて風景の一部になる

# 裁ちバサミ

裁ちバサミが動いて
洋裁店をまっぷたつにした
倒産したのだ

取り立て屋が
サングラス姿で店を占拠
縫子さんは商売道具をかきあつめ
にげだした
取り立て屋が洋裁師を物色しはじめ
私は裁ちバサミを握って

店をあとにした

店はつぶれても
私はつぶれない
未払い給料のかわりに
裁ち台を支給された
これさえあれば
私ひとりでも洋裁店

裁ち台の上
まずは夢をひろげ
これからのかたちを
目で描く

裁ちバサミをとり

過去を切り捨て
未来を切り取る

# あのころのシンデレラ

あのころの私は
よそおうことがたたかいだった
どの町にも洋裁店はあった
はなやかなショーウインドウに
最新流行の服を飾った
洋裁師としての私にとって
武器は　ほうふだった

顔色に映える色をえらぶ
身に添う生地をえらぶ

バスト　ウエスト　ヒップを
アッピールする線を夢見て
裁ちバサミをあやつる

心臓のかたちのミシン
カタ　カタ　カタ　カタ
鼓動を高鳴らせて
徹夜だってする
美しい衣裳は明日には完成

よそおうシンデレラ　めざすは
玉の輿　そんな
お客の願望を
いなして

私もまた変身したくて
しぐさをみがき
センスをみがいた

明日はデート　運命のドレスを
はおるのだ

# 黄色い恋

あのころ私は女のわきまえを体中にしみわたらせていた
学問より花嫁修行　オールドミスになるな
処女は絶対条件

伊豆大島の船の中で
結婚を前提にしておつきあいしましょう
私よりひとまわり上の男がそういって名刺をくれた
大蔵省　主計局　調査課とあった
国会での答弁の原稿を作る仕事
「お経といっています」

新宿で会うことになって
男は歌声喫茶「ともしび」に入り　大きな声で歌を歌った
花束を買って押しつけた
それらにどう応えればいいのか
おつきあいのしかたもわからず　固まってしまった

新宿の街を二人で歩くと道ゆく人がふりかえるほどの
好男子だったのも
私が態度を硬化させる原因だった

「どこかで休みましょう」と男はいって
とあるホテルの前につれていった
婚前交渉はタブー　体中にしみわたった
女のわきまえが黄色く点滅し

「カゼをひいているので」と　即座に断った

男は　またスイートピーの花を買って
帰る私に持たせた
黄色が目にしみた

「もう会いません」
私は男にハガキを書いた

会わなくなって　胸が痛んでゲッソリやせた

恋はやさしさの投げ合いだった　と知った
やさしさをひとつもかえせなかった私は　負けたのだ

やさしくするのはおそろしい

やさしくされるのはもっとおそろしい

# 雪

一歩をはじめようとしている　うまれたばかりの水滴
なにもまとわない　すはだは透明

この先にいとしい大地があるはず
ふうわり舞い　レースをあむ
ひとひらあみ　ひとひらまとい
ひとひらずつちかづいていく

風にのって　もうひとひら
レースのはなびら　もういちまい

おもいを　かたちに　繊細にかがりつけ

あのひとにちかづいている
レースのししゅう　あとすこしで完成する
さいごの糸をわたし　千鳥がけ　くけぬい　まつりぬい

すはだかだった水滴が　華と結晶した
純白の晴れ着をつけ
ふうわり舞い　大地のてのひらに着地する

でも　時はひいふうみいとほどけつづけ
華は指先から　つまさきから　溶けはじめる
レースに穴があき
もはやどんな糸と針をもってしても
ぬいあわせることができない

シンデレラの衣装だから　ぬぐときがきて
水滴はついにすはだか
なみだのひとしずくにもどる

# 水と駆ける

会わなくなって　涙ばかり出た
ほほからあごに流れおちる涙
に　身をまかせているうち
ひらめきも流れおちてきた

水は　ひくみへひくみへとしか流れない
でも
ひくみへひくみへと行ける
水はただただおちる
でも

おちることができる
「水のゆくえ」という詩が生まれたとき　涙は止まっていた

一人のひとを失うという
こんな大きな代償をはらわなければ
詩は生まれないのだ　と　知った

私は失恋の涙から解放された
この部屋は出よう
水とともに　大地の果てをめざして　駆けて行こう

# はかりしれない水のゆくえ

洋裁店の帰りに書店で立ち読み
私の投稿詩「水のゆくえ」が一席に載っているのを確認した
流れ流れて
投稿雑誌の一ページを飾ったのだ

ある日同人誌が送られてきた
消印は名古屋
投稿雑誌に載った住所を見て送ったとあった

ひくみへひくみへ

ときには落下しても　さらに
流れ流れて
名古屋にまで達したのだ
水のゆくえは　はかりしれない

さそわれて「異神」の同人になった
編集発行人は真理さん
花柄の便せんに　丸文字で
上京するから会いたい　とある

池袋西武デパートのエスカレーターの下で
待ち合わせてみると
若い男性だった！

水にみちびかれて

出会ったのだ
水のゆくえは　はかりしれない

# おばけ

うすくあいた押入れがこわかった
闇の種にぎょっとした
夕方になり　夜になり
種は芽をだし　枝をのばし　葉をしげらせ
わたしのちいさな世界をおおいつくした

母についてあるけば
あるけないことはない
兄のあとをたどれば
すこしはまぎれる

それでもはぐれる
自分のちいさな影からもにげる

ろうかのすみまで
かけぬけようとして
ひとつ目玉ぎょろり　たちふさがる
ぎゃっ　と　とびあがったとたん
家の重心がかたむく

あのころは　おびえ　ふるえ
くちゃくちゃになったわたしを伸ばしてくれるアイロンも
たのもしいアイロン台もなかった

母も兄もいない今
人間こそ　おばけだと気づいた

# 孤島

洋服がわたしを着る

さざなみのようなミシン目が
わたしをはおる
制服が　わたしを学生にする

修学旅行で初めて見たなぎさ
波はミシン針のよう
ほつれるそばから
くりかえしなみうちぎわを縫いとめていた

そこからはじまる洋服の「洋」は
あてどなく　ひろく
隣人ははるか沖
なみもとどかず　舟も朽ち

水平線から冬がはじまるので
洋服の「服」はわたしをいくえにもまとい
きっちりファスナーでとじる

孤島ができあがる
冬がふかまる

なみはミシン針となって
ほつれるそばから
くりかえしなみうちぎわを縫いとめている

# 洋裁師の恋

ケンゾー　ジバンシー
クリスチャン・ディオールは神様だった
モード誌は天上にあった
まぶしくあおぎながら
糸と針をあやつる手がふるえた
ワンピース　ブラウス　スカート
洋裁店のラジオからながれる詩劇を伴奏に
ミシンはやすみなく回転しつづけた

ラジオの詩のことばが

ある日耳に絡まってとれなくなった
（おひなまつりのひなだんに　こっそりこっそり　はるがきた）*
仮縫いの鏡の中を
（わたしのうちにおいでなさい　みちあんないをいたしましょう）
口をついて出た私のことばが　舞った
あれは詩神からのメッセージだったか

糸は切れる　針は曲がる　折れる
メジャーではたりない
裁ちバサミの刃がこぼれる
かたがみは胸の想いをはみでた

ことばことば詩のことば
投稿誌に掲載されたとき
ことばへのあこがれは

私のすべてをうばい　おおいつくした

切れた糸で　曲がった針で
刃こぼれの裁ちバサミで
詩をつむぎ仕立てはじめた

つかんだ詩のことばをかきあつめては
キリキリふりしぼって命中させていた
投稿欄

（弘子のやつしょうがねぇ　銭にもならねぇ詩ぃ書きやがって）
父はそういって死んだ

空には
詩の一行一行のようなすじ雲が広がっている

見あげる私の目の
さらにその先へと

＊　サトーハチローの自作朗読

# むこうがわ

耳に体温計をさしいれる
体温と心温が平熱であることを門番にみとめてもらう
そして結界をくぐる

手洗い　消毒
こちらがわのものすべて消し去る
はみでたものはマスクでおおう
エレベータの押しボタンは暗号になっていて　一文字一文字
謎を解くとドアがひらいてとじて

すこしばかり天上にのぼれる

中有のあたりで　そのひとのベッドにおいつく
こちらがわの言葉ではなしかけても　半分も伝わらない
そのひとの耳の中には　むこうがわの楽の音が流れているのかもしれない

寝たきりの枕元には　身近な人々の写真
こちらがわの情報で満ちているのだが

そのひとの目線の先をたどると　天上ちかく
とうに死んだ母親の写真が飾ってある
母親はそのひとにほほえみかけつづけている
視線はむこうがわのその一点にそそがれている

そのひとをのせたベッドは浮力をもっているので

しがみついても私のあしもとがおぼつかない

やがて時果てて　ふたたびエレベータの前

暗号と魔法のことばで　こちらがわにもどる

たちまち私のからだは引力でがんじがらめ

むこうがわの記憶だけが　ときおり羽根をひろげる

# いのちの春

さわがしい体があったことを
骨がおしえてくれる

七十三年間のあいだ
兄はこの星のものだった

干しシイタケが
たっぷりの水の中で
すこしずつ　すこしずつ
芯からゆるみだすように

茶わんにこびりついたごはんつぶ
納豆のねばねば
が
洗い桶の水の中ではがれるように

水にゆるされて
しがらみをはずし
重力を消し
引力をぬいで
ただよい出ながら
この星をはなれようとしている兄

魂がとりどりに咲くことを　つぼみをほどいた
梅　桜　れんぎょう　つつじが　語ってくれる

兄の長く厳しい冬が水にゆるされて
一滴　一滴　したたっていく
水にゆるされて　いま
春の方へ流れ出している

# ことばがいたい

わたし　ということばがしみる
わたしの　た　がとびあがるほどいたい
いたいと叫べば
い　がいがのようにちくちくする
いたい　にはその　いがふたつもある

うなり　ひめいをあげる
さけび　罵倒する
死から芽吹く毒のあることば　すべてが舌を裂く
あのときから

傷口が　舌にとりついてはなれなくなった

きずなの　き
が気絶するほどきつい
ず　は
ずずずと傷口をかする
な　は
なっ！と　ぢかに打ちすえてくる
いいえ　は傷口をこする　出血する
はい　はのみこみづらい
たまりかねて医者をたずねる
ガン　ということばがおそってきた

つなみ　ほうしゃのう　ということばが
つられて目覚めてくる
舌の根から刺さって全身が硬直する

こじれた口内炎　こじれた復興
という語がやってきて　しびれる　こわばる

なおったら　ということばを　そっと受け取り
あたため
しんばり棒のように
傷口の入り口に置く

# 天のひとつぶ

天の一滴を待って
点滴につながれ私も植物になる
夏のはじまりの葉のいきれにあわせて
吸ってみるはいてみる
光のボタンをはめたりはずしたり
光を着てみる　ぬいでみる
光合成をする

水がせせらぎとなって幹をめぐり
一滴　一秒　一滴　一秒　としずくが

私をおとずれる
みあげる空に沖がある
幼魚の目玉だけが　つい　ついと泳ぎ
あとは水ばかり
沖のあたりからひろがる空の深さに息をのむ

天の一滴をさぐって
点滴につかまる
ただよい出そうになる私の身体を
点滴につなぎとめる
細い針と血管
いまにもけしとんでしまいそうな私は　その
一点だけに血を集める
酸素を集め
体温を集める

いのちの一滴を待ちながら
点滴の管をたぐると
そのむこうに父の気配
気配をさらにたどっていくと
甲府の裏山の療養所のベッドにいきつく
中学生の私がマムシの包みをわたそうと立っている
のこさずはいて　のこさず吸い込む父の肺は
病室いっぱいにひろがり　はみだしそうな巨大ないれもの
なおもひろがって
いのちの一滴をつかもうとする
父はつかみそこね
私はつかんだ?

点滴につながれ

うごけない私の視界いっぱいに
樹がうごく
かげろうが立ちのぼって葉群れをくゆらしているのだ
道もうごく
若葉がたぐりよせているのだ
山もうごく
道という道が山を押し出しているのだ
そのいただきで
あたらしい夏が背伸びする
言葉と若葉が押し合いへしあい
いっせいにしゃべりだす
まもなく夏がくるといっている

点滴にしばられ
うごけない私のうちがわで

あかるむものがある
天の光からつりさげられた薬液の容器は
あと一滴を残すのみとなっている

# 夜の野川遊歩道

野川の躾糸のような
遊歩道のフェンスに沿ってあるく

カワセミやサギやウやカモたちの
昼のにぎわいは
やみにぬいこめられている
あるくほどにやみはふかまり
漆黒の反物のように　どこまでものびている
やがて反物は日本列島のかたちに
裁断されていることがわかる

ふるさとのブドウ園のやみは
かぐわしく　あたたかだったが
寒冷紗のつめたさで
あるくほどに
体温はうばわれて
体の芯から凍りはじめる

マチ針のような外灯だけをみつめてあるく
返し針のミシンの音のような足音高い
ランナーとすれちがうたび
ほっ　とためいきひとつ

# もうすぐバスがくる

ふりそそぐものを太い胴で押して
もうすぐバスがくる

一日を生きのびるための惣菜と
友とかわしたいくつかの言葉
まだほとぼりがさめない　その
ぬくもりを　うばわれないための
ひとりぶんのカサをひらいて
標準時刻表のあるバス停で　私は待っている

私の前には二人の女性
こうべにうすく雪
「後期高齢者になると
市から健康診断を受けさせられるの
成人病予防のために
メタボリックシンドロームもチェックされるの
私は三十八キロだから　だいじょうぶだけど」

私のうしろには　うばぐるま
赤ちゃんのこぶしににぎられている
頭脳線　感情線　生命線　そして運命線
そこから無限に道が育とうとしている
いくたびか迷ったすえ
ひとつの道をえらんで
このバス停にいまたどりついた私

後期高齢者
私
赤ちゃん
みんな標準時刻表の下に集まって

私は私一人をささえるために
私によりかかって待っている

雪にかわる前の雨を押して
もうすぐバスがくる

# あとがき

　あのころ洋裁は私の体の一部だった。そのことを考えるとき思い出すことがある。制服から私服に着替えるとき、ちょっとしたとまどいを感じたことを。学生から一般人に自動的にすり替わってしまうからだ。マーク・トウェイン作の『王子と乞食』というお話では、乞食と王子が互いの服をとりかえると周囲が中味よりも服で判断して二人をとり違えてしまう。これほど大げさではないが、着るものによって人びとの見る目が違ってくることに気づいた。

　洋裁。それは生きるためのひとつの武器でもある。個人の力で世界を変えることはできないが、着るものによって自分を変えられる。そのことによって徐々に世界も変えられるだろう。美しく楽しく。変装や変身も可。体を守るという利点に加えて遊びごころも手にすることができるのだ。田舎出の私が都会的に洗練できたのも嬉しい。昔は花嫁修業のひとつでもあって、そのことでも恩恵を受けている。

私は洋裁師だった。洋裁を学び出したころ、街で「洋裁　教えます」、「仕立て　承ります」といった手書きの看板をよくみかけた。自分の服を自分で仕立てる女性も少なくはなかった。洋裁はもっと身近なものだった。

一針一針、前進し、瞬間瞬間をセンスでつかみ取る。ファッションのセンスもかなり磨けたと思う。センス。それは言葉のセンスにも繋がる。言葉への憧れは小さい頃からあって読書三昧だった。雑誌の詩の投稿欄を見て、これなら私でも書けると思った。投稿欄に一席で載ったとき、これからは詩を書いていこうと、愚かにも（？）決心して今に至っている。

洋裁師《ようさいし》の恋《こい》

著者
岡島弘子《おかじまひろこ》
発行者
小田久郎
発行所
株式会社思潮社
〒一六二―〇八四二　東京都新宿区市谷砂土原町三―十五
電話〇三（三二六七）八一五三（営業）・八一四一（編集）
FAX〇三（三二六七）八一四二
印刷所
三報社印刷株式会社
製本所
小高製本工業株式会社
発行日
二〇一八年七月一日